Mae'r llyfr hwn yn eiddo i:

_____

I Dr Sonia Bernard – J.W.
I Arik, Nell a Ted – T.R.

Y fersiwn Saesneg:

Cyhoeddwyd ym Mhrydain yn 2020 gan Andersen Press Ltd. 20 Vauxhall Bridge Road, Llundain SW1V 2SA
Hawlfraint Testun © Jeanne Willis, 2019
Hawlfraint Darluniau © Tony Ross, 2019

Y fersiwn Cymraeg:

Cyhoeddwyd yn y Gymraeg yn 2020 gan Atebol Cyfyngedig, Adeiladau'r Fagwyr,
Llanfihangel Genau'r Glyn, Aberystwyth, Ceredigion SY24 5AQ
Hawlfraint © Atebol Cyfyngedig

ISBN 978-1-913245-56-6

www.atebol-siop.com

#ElenBenfelen

Tro yng nghynffon yr hashnod

JEANNE WILLIS

TONY ROSS

ADDASIAD
EURIG SALISBURY

atebol

Un tro, roedd Elen
Benfelen fach
yn rhannu ar ei ffôn
heb strach
lawer o luniau
ac ambell fideo;
doedd dim o'i le
ar hynny, sbo.

Dim ond rhai syml iawn
am sbel –
hunlun ac adenydd del –
ac aros, aros
i bawb eu hoffi
(doedd clic gan Mam, na, ddim yn cyfri).

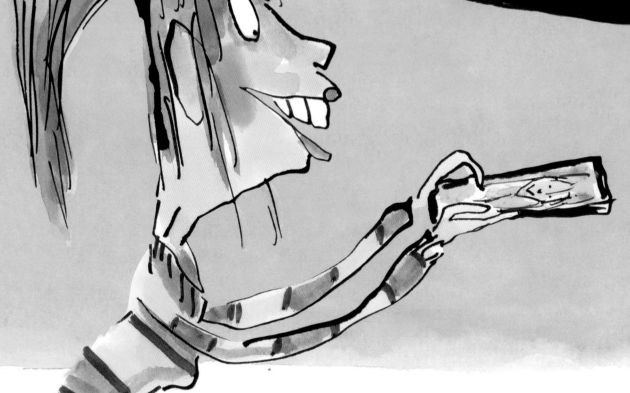

"O! Mae angen," meddai hi,
"mwy o ddilynwyr arna' i.
Ond sut? Wn i – fe ga'i lond trol
os gwna'i nhw i chwerthin a rhyw lol!"

Ac, felly, rhannodd ar Instagram

lun ei brawd yn sglaffio jam,

druan â'r crwt, edrychai fel

mefusen enfawr: #Del!

Rhannodd lun o'r ci yn sgwrsio,

ac o'i Hwncwl Huw yn cwympo.

Ffured ffrwtlyd, cwningod heini...

babi'n gwneud rhyw bethau digri.

Roedd cannoedd nawr yn ei hoffi hi.

Cathod ar feic? Cliciadau di-ri!

Nawr roedd Elen Benfelen fach

yn cyfri dilynwyr fesul sach.

Ond newid wnaeth pob dim cyn hir –
dechreuodd pawb ddiflasu, wir,
ar luniau gwirion bob prynhawn,
a theimlai Elen yn unig iawn.

Roedd arni ofn na fyddai'r byd
yn hoffi'i lluniau hi o hyd,
a chwilio wnaeth am rywbeth i'w synnu –
rhywbeth beiddgar, hawdd i'w rannu.

I ffwrdd â hi i'r goedwig ddu,
a daeth o hyd i ryw hen dŷ,

a thynnodd yno'n ddigon ewn
un hunlun chwim wrth dorri i mewn.

Tynnodd fideo a'i bostio i ffwrdd
pan welodd fowlenni ar y bwrdd
a'u llond o uwd – bwytaodd un,
a rhoi #Chwilboeth! uwchben y llun.

Siglodd yn wyllt ar gadair fechan
nes torri'n ddarnau mân y cyfan,
ond meddai'n syth, "Dim ots gen i!"

#HiHi!

Ffilmiodd y llanast: #HiHi!

I fyny'r grisiau, neidiodd wedyn
yn wirion iawn o wely i wely,
nes rhoi o'r diwedd ei phen i lawr
ar yr un lleiaf: #CysguNawr.

Ond daeth tair arth i mewn i'r tŷ,
"Pwy yw'r ferch benfelen hy?"

Gwaeddodd y lleiaf, "Bwytaodd hi
fy uwd, a malu fy nghadair i!"

Rhedodd y ferch o'r tŷ'n y coed,
ond 'nôl i'w chartref, hyd yn oed,
fe ddaeth yr eirth mawr blin ar ôl
yr Elen fach benfelen ffôl.

Ond roedd un arall yn y lôn –
rhyw heddwas swrth a aeth â'i ffôn.

Roedd wedi gweld
ei lluniau i gyd
fu'n rhannu'i
drygioni hi â'r byd.

Ac meddai'r heddwas a'i lais o ddifri,
"Am hyn i gyd, bydd rhaid dy gosbi –
cei sgubo lloriau'r tŷ'n y goedwig,
trwsio'r gadair, gweithio'n ddiddig."

A gweithio wnaeth ar hyd yr haf,
dim ffôn, dim chwarae, dim haul braf,
sgrwbio a sgwrio'n chwys i gyd –
a'i lluniau ar y we o hyd.

A chredu mae'r byd o hyd mai gwrach
ddi-hid yw Elen Benfelen fach,
felly cofia, ddarllenydd, amdani hi ...

... meddylia'n ofalus cyn anfon, da ti!

www.atebol-siop.com